KB212173

소망의 향기

씨앗

지은이 ┃ 신이봉

엘맨

소망의 향기

씨앗

초판1쇄 2014년 1월 10일

지은이 • 신이봉
발행인 • 채주희
발행처 • 엘맨
등록 • 제10-1562호(1985.10.29)
주소 • 서울시 마포구 신수동 448-6
전화 • (02) 323-4060
팩스 • (02) 323-6416
E-mail • elman1985@hanmail.net

값 13,800원

씨앗

– 신이봉

창조주는 씨를 주었다
영의 씨앗, 생명의 씨앗
갑오년 새해에
또 한 알의 씨앗을 주셨다

옥토에 떨어진 씨앗
물상과 생성 이라

푸른 숲을 이루고
큰 강물이 되리라

별처럼 떠오르는
말과 말, 글과 글
그리고 다시 창조되는 예술의 세계

세상을 키우는 뿌리
기쁨 행복의 삶이라

눈처럼 내리는 축복이여
소복 소복 세상을 덮어

하얀 눈꽃
굽어진 갈등 높은 산을 녹여
용서와 희망 평화의 씨앗이 되여 다오

차례

제1부

새해 꿈

아쉬웠던 계사년 태양은
저산 너머 노을 속으로 보이지 않네

계사년이 우리에게 꽂아준 한 송이의 꽃
더 큰 세상을 바라 볼 수 있겠구나

어두움 잔잔한 그늘 속에서 혜성처럼
갑오년을 맞이하였구나

새로운 빛의 물결
생명과 물상과 생성의 빛이어라

천상에서 창조주 품에서
태어난 태양의 울림이여 진동이여
이 땅에 꿈과 희망의 씨앗을 심어다오

우리들의 위대한 꿈이
동. 서. 남. 북. 펼쳐진 지경
번영의 용광로가 불타오르는 새 해가 되리라

갑오년 타오르는 태양
어둠의 강을 넘어 저 멀리 대해를 향해
희망, 꿈, 평화가 영원하리라

우리의 발걸음도, 생각도, 몸짓도, 신의 축복이어라

천지창조

높고 높으신 주께서 잉태이어라
영원토록 생명들의 기쁨

흑암과 혼돈 공허함 캄캄한 어둠을 처
능력의 손 불을 켜셨다
영원한 생명 광명의 빛이라

흑암과 용암을 녹이사
하늘과 땅과 바다
주님의 보화를 묻으시다

주께서 밤낮을 다스리신다
생명과 물상과 생성이어라

주께서 흙을 빚어 자기를 주셨다
우주의 주인이라
생육 번성 우주를 채우리라

인간은 자기의 영을 주셨다
영은 부활이라

창조자의 설계라

남원

천상에서 그토록 아껴 놓은 땅
남원
문화 사랑으로 꽃 피워 놓았네.

지리산 깊고 깊은 바위틈에서 흐르는 물
요천강의 정기를 이루고
남원의 역사가 이루어 졌네.

광한루에서 불타고 있는 예술
춘향이의 아름다운 자태
예술과 사랑의 꽃이 되었네.

춘향전, 흥부전, 혼불
문화, 사랑, 관광, 예술의 도시
생태, 허브, 자연의 도시 남원
축복의 강이 깊도다.

선조들의 혼이
높은 산을 이루고 큰 강을 이루며
세상을 감동시키는 강이 되리라

문화 예술의 꽃이
철쭉꽃 피고 녹음 우거지고
단풍들고 눈 쌓이는 지리산처럼
우리 마음에 아름다운 그림을 그리는구나.

주님 오셨네

- 신앙시

유대국 베들레헴 말구유
별이 멈춰 있는 곳

천지 만물을 지으신 이 역사
아기 예수가 탄생 하셨네

고고의 첫 울음이 어둠을 깨우리라
울림이 영원하여라

그 빛
이 땅을 비추어주네
영광 평화
주님의 나라

울음소리 천지가 진동하리라
분쟁과 테러와 총소리 나는 곳도 멈추고

증오와 갈등과 대립도 멈추고
북한 땅에도 아기예수님의
사랑에 빛을 보게 하소서

아기예수님의 사랑을 통해
평화가 오게 하소서

천년송

와운 마을 뒷산
높은 지리산 능선
구름도 친구가 되었구나

돌과 집과 흙을 모아
지리산이 만들어 놓은 분재

지리산과 함께 살아온 천년송
너는 일제 침략과 6·25사변
의 비극을 알고 있겠지

수많은 양민을 앗아간 비극의 역사
빨치산 공산당
너는 이야기 할 수 있겠구나

오랜 풍파 파란 만장 삶
울퉁불퉁 붉은 적송이라

이제 사랑과 용서야
행복의 길로 가자

수많은 역사의 사건들 속에서도
푸른 절개를 지키고 살아온 천년송

천년송 푸른 기상 햇볕처럼 빛나리
또 천년
지리산에 터줏대감이 될 것이네

고향 들녘

길고 짧고
꼬불꼬불한 논배미들
지금은 바둑판 모양 정리되어 있네

신발 두 짝 바짓가랑이에 문대고 비켜가는 논두렁길
큰 신작로가 되어 있구나!

강남스타일
이랴. 저랴. 자라. 져져. 소가 논을 갈고 밭을 갈고
자. 넘자. 넘자 모내기하며 장단 맞춰 노래 소리

점심 밥 장만하여 이고 지고
줄줄이 뒤 따라가는 꼬마 녀석들

시끌시끌한 고향 들녘
이것이 농경문화의 꽃이었네

이제 그 소리들을 들어 볼 수가 없구나
기계소리만 들리고 있네

옛날이나 지금이나
아침 어둠을 해쳐 들녘으로
해가 노을 지고 어둠이 깔려 사람은 보이지 않네.
곡식과 함께 살아가는 고향사람들

암센터

암 암 무서운 병
암을 정복할 수 없을까

환자들이 있는 암병동
각자 침대에 누워 치료를 받는 사람들

입술은 마르고 숨은 가빠지고
신음 소리
삶과 절망의 기로에 놓여있네

일어나 새 힘을 얻으리라
너를 일으켜 세우리라

절망에서 희망으로
가족의 품으로 뛰어가고 싶다

말라 있는 그 팔과 다리 새로운 힘을 줄 것이다
뭉쳐있는 그 세포를 깨끗이 씻어 줄 것이다

내가 병들지 않았다는 것은 감사
내게 생명과 호흡이 있다는 것 감사

병상 앞에서 마음과 마음을 합해 기도하리라
겸손과 진실 사랑

쾌유하시길 주님께 맡기네

테니스

새벽종이 울린다.
새아침을 열어보자
컴컴한 어둠을 해쳐 뛰어보자

오늘도 만나보자 기쁨과 웃음으로
뛰어보자 동우여 웃음의 꽃들이여

힘찬 소리 울림이여 진동이여
새 힘이 솟아나리라

우리 함께 가자 동우여
저 넘어 보이지 않는 지평선까지
같이 뛰어보자

오늘도 힘차게 코트 장을 밟아보자
힘찬 젊음을 심어놓자 웃음을 심어놓자
좋은 인상을 심어놓자

협동과 봉사 단결의 힘이
공동체를 만들어 놓았네.

오늘도 우리를 기다리고 있네.
우리를 부르고 있네.

코트 장에서

돌산대교

돌산 장사
나룻배 타기실어 펄떡 뛰어
오도 가도 못하고 다리가 되었네.

다리기둥 세로 연결된 선율
아름다운 음이 울리구나

견고한 대교
섬과 내륙이 이어지는 동맥
바다길이 육지가 되었네.

자동차 사람들 음악 소리와 함께
물류가 흐르는 대동맥

아름다운 명소 돌산 공원
도시와 바다와 섬 항구
한려수도가 한 폭의 그림과 같구나

오늘도 대교 밑으로
고기잡이 어선들 만선으로 힘차게 물길을 가르며
고동소리 울리며 들어오는구나.

바다길 여객선
보따리 보따리 섬사람들
꿈과 희망
힘찬 고동 불며 들어오네.

기다리고 있는 시장사람들
여수는 항구다

오동도 동백꽃

나는 독불장군
강으로 가라하면 산으로
산으로 가라하면 강으로 가고

모진 동장군 속에서
꽃 방울이 울면서 꽃이 피네

겨울에 피는 동백꽃
10월에서 3월까지 강추위는 다 내 것이야

북풍 서풍 남풍 파도와 함께 몰아치는 태풍
이 뺨 저 뺨 다 맞아도 꽃은 핀다
절개의 꽃 오동도 동백꽃

오동도 빨간 아가씨
화려한 장식 절개의 꽃

동백섬 여수 오동도
고즈넉한 바다 그 위에 떠있는 섬 오동도

삼일항으로 가는 길목
지네처럼 늘어져 있는 유조선 섬덩이
여천공단 물류의 거점

섬을 아름답게 감싸고 있는 동백나무
그 위에 연지 찍어 놓았네.

내 모습을 보기위해 많은 사람들이 오고 있네.

눈, 눈, 눈

자연의 환희, 감동, 감동
하얀 꽃으로 우리를 감싸주는구나.

하얀 이불 보이는 곳 다 덮어
이방인의 세상을 만들었구나.

마음도 덮고 생각도 덮어 세상을 잊어버린 하루
환상의 꿈속에서 살게 했구나
고민도 걱정도 다 눈 속으로 묻혀 버렸네.

눈이 오는 날 고즈넉한 마음
자연과 시와 함께 살게 했구나.

나무마다 피어있는 눈꽃
마음으로 스쳐가는 꽃
봄꽃처럼 사르르 지는 눈꽃

눈이 오는 날 나를 더욱 어리게 하네.
눈이 오는 날 나를 더욱 생각에 잠들게 하네.
눈이 오는 날 나를 그리움의 세계로 가게 하네.

눈은 환상과 문학의 꽃이라

찬양대

−신앙시

주님의 궁전
왕께 찬양하라

은혜와 성령의 기쁨
눈송이가 하늘에서 내려오네.
축복과 영광이 무궁 하리라

영광스런 기쁨의 꽃이여
주님의 얼굴들이 활짝 피었네.

백로들의 감동 고개 숙인 열매
주님이 날개를 펴고 오시네.
영혼의 안식처 그 품으로

하늘과 천지만물을 지으신 이
놀라운 지혜가 임하시며
우리를 통치하는 지혜를

합심과 합창 찬양이여
우리를 감동하구나
주님도 함께하시네.

성령이 비둘기 같이 강림 하시네
주님이 나를 감싸주는구나

종소리

땡그랑 땡그랑 교회종소리
복음의 횃불을 들었네.

땡그랑 땡그랑 새벽종소리
주님의 빛으로 비취어 주네

땡그랑 땡그랑 종소리
우리영혼을 깨우고 있네.

종소리 온 동네에 울리고 있구나.
천국에서 들려오는 좋은 소식

성령 받아라. 깊은 은혜 속에서
땅 끝까지 복음을 전하라
종소리 주님의 빛이 되었구나.

그 종소리
문화 교육 농업 경제
이 나라를 근대화로 만들었네.

지금도 들려오는 종소리
무너진 우리사회를 일으켜 세우자

믿음 희생 개척정신
바로 세워보자

시 골 동 네

이리 가나 아이들
저리 가나 아이들

시끌시끌한 골목
집, 집마다 아이들 소리

겨울이면 논바닥에서 공차기
나락 폭이 운동장처럼 되었네.

썰매 타고 연 날리고 뛰어 놀던
아이들
그 많던 아이들 지금은 어디로 가고
적막하기만 하구나

골목골목 몰려다니는 처녀 총각들
노래 소리 이야기 소리 밤이 깊어 가고
그 시절 어디로 가고 조용하기만 하네.

오토바이 마을 앞에 오면
이방인이 왔다
몰려오는 아이들

문화는 변화 되었다
농경사회에서 산업사회로

미래는 어디로 갈 것인가
아이들 모이는 동네가 될 것인지

피라칸사스

―관목

창가에서 서면
빨간 열매
온몸을 빨간 목도리로 감았네.

빨간 꽃
열매가 꽃 봉우리가 되었네.
비가와도 추워도 바람이 불어도
떨어지지 않는 빨간 열매

빨간 코트 겨울 멋쟁이
피라칸사스

예쁘게 보여 주고
새들의 먹이로 노아 주네

이른 봄 곡식창고
새들이 찾아와 한 알 두 알 따먹고
빈손으로 서있는 피라칸사스

| 씨앗

옛 것은 버리고
새로운 하얀 꽃이 피네

새 술은 새 부대에서 이루어지네.
새로운 꽃을 피우기 위해

초등학교 동창회

우리 그 때를 아는가
발바닥 없는 양말 발등만 덮었네

손등 검은 장갑인지
검정 고무신 새끼줄로 동여매고
이 동네 저 동네 공차기

학교 옆 붕어빵 고소한 냄새
뱃속을 녹여준다
언재 한번 실컷 먹어 볼꼬

머리 맞대고 공부했던 우리
잊혀 가는 동심 만나보자

육십 바퀴를 넘어서는 나이테
손자들을 거느리는 할아버지 할머니가 되었네

풍전 수전 다 겪고 큰 파도 적은 파도
깊은 물 얕은 물 세상맛 다 보았네

얼굴은 굴곡진 주름살 불어 튼 손바닥
허리 다리 아리고 성한 곳이 없네
이것이 인간의 아름다운 결실인가

이야기해보자 그때 고향 이야기
익어가는 열매가 감미로운 맛이 난다
마지막을 힘차게 뛰어보자

여 수 수 산 센 터

−어항단지

선박들 출항하고 들어오고
선박들의 정거장

수산업을 이끌어 왔던 물류기지
수산물 공판장
어선들 부두에서 정박하고 있네

망망대해 파도와 싸워서
목숨을 걸고 잡아온 고기들

손가락 내고 공판
큰 손가락 통 큰 배짱
수산업 여수경제를 이끌어 왔구나

기분 좋아 한잔 비틀거리는 선원들
가족들 양동이 들고 기다리고 있네
잡아온 생선 담아 주라

얼마나 잡았나 신경 쓰는 선주들
경매 소리 사람소리 시끌시끌한
수산센터

갈고리로 찍어서 시체 처리반
상자에 담아서 상여에 싣고 있구나

나는 죽어도 양반이야
전국으로 금 값 받고 팔려가네
잔칫상에 네가 왕이야

해상공원

-여수

바다 위에 떠 있는 아름다운 공원
여수항을 한 눈에 볼 수 있구나

경도를 오고가는 도선
그림책에서 볼 수 있는 여객선

노랫소리 울리며 장단 맞춰
오고 가고

공원에서 바라본 바다
흰 물살 가르며 분주히 오고 가는 선박들

출렁 거리는 바다
여수는 아름다운 항구

가족과 함께 손에 손을 잡고
공원위로 산책하는 사람들

낚싯대 던져놓고
고기떼 기다리고 있는 한가한 강태공
낭만의 공원

푸른 바다 오고 가는 선박들
갈라지고 갈라지고
분주한 부부싸움

푸른 물결
바다 쉴세 없이 움직이고 있구나

여수 산업단지

잘살아 보세
드디어 굴뚝에 불을 붙었구나.
세계적인 석유화학단지

냉각탑에서 솟아오르는 뿌연 구름
굴뚝에서 뿜어 대는 불빛

거미줄처럼 연결된 배관 라인
팍팍 숨을 쉬고 있구나.

수십만 개의 별빛 반짝이고
낙동강 오리알 위험 위험
터지면 화약고

수십만 톤이 정박 할 수 있는 수출 항구
국가 경제를 이끌어온 원동력

농경 사회에서 산업 사회로
저소득에서 고소득으로

농촌 총각들 장가 못 가게 만들었네.
가족 사회에서 핵가족 시대로
작업복의 회사마크 아가씨들 만점

밭가는 농부 쟁기 던지고 공단으로
농경문화를 바꾸어 놓았다

글로벌 세계화가 굴뚝으로 이루어지네.
산업의 꽃 인가
경제의 발전인가

지구의 오염인가 기로에 서있네

굽어진 어머니등

일 못한다 꾸짖던 고향들녘
일터 싸움터였네

내리쬐는 가마솥
잎새 한 점 바람 없네

김을 매시며 검게 탄 어머니등
구름이 가는 길에 덮어 주네

무딘 어머니 등
햇볕으로 부황을 뜬다

점심때면 곡식을 그늘 삼아
무 배추 잎사귀 따서
된장에 싸 드시다

몸은 망가져도 일편단심
잡초와의 싸움 곡식을 가꾸는 일

해가 넘어 보따리를 이고 오신다
마루에다 쿵하고 부어 놓신다

둥굴둥굴 굴러가고
야구 방망이만 한 누렇게 익은 오이
참외 호박 풋거리 주섬주섬 해오시면
온 식구가 기쁨이었다

희생 고통 고난 속에서 거두어 온 농사
먹이고 키우셨다

심는 데로 거두리라

이순신 대교

나라를 사랑했던 이순신
바다를 지키며 장엄하게 서있구나

석유 화학단지 광양제철
수십만 톤의 선박 오고가고
세계적인 산업단지를 한눈에 불수있구나

여수 산단 광양항을 연결한 현수교
동양 최대 높이
기둥과 다리 하얀 줄로 잡아주고 높이 들어 놓았네
거북선의 능력

해양대국 기술한국
거북선 불을 뿜었다
글로벌 세계시장으로

하늘에서 보는 산업단지
광양제철 수십만 톤 선박
항만으로 정박하고 있네 기다리고 있는 대형크레인
수출한국

총칼 없는 전쟁
첨단 기술 좋은 제품 세계시장으로
튼튼한 국력 평화를 지키는 길

이순신 대교
오늘도 수많은 물류가 움직이고 있구나

경제대국 해양대국

여행 숲속의 방가루

창가에서

어둠이 걷히고
물상들이 피어나고 있구나

숲속에 묻혀있는
방가루

잎새 사이로 새어 나오는 산소
마셔보니
푸른 나무가 되었네

천사들이 우리를 반기며
노래를 부르고 있구나
지저귀는 노랫소리

나무가 좋아
너희들도 이곳에서 숙박했구나

오늘도 너희들처럼 즐거운 여행

식물원

-스리랑카

하늘을 찌르고 구름을 잡았다
비행기도 비켜가야 하겠구나
빌딩보다 높은 나무들

흙이 싫어
나무 몸통 붙잡고 살아가는 식물들
온통 밀림 속 신비한 비밀 푸른 바다

깜박거리는 작은 열매들
자연은 베풀며 살아가구나

숲속에서 들려오는 울림이여
자연은 살아있다
숨소리 대화하는 소리

거목들은 다 모여 있네
오바마 대통령 중국의 시진핑 총서기
아배 신조 일본총리 한국의 박 대통령
세계 거목들이 다 모여 있네

거목들의 천국
비상하는 나뭇가지들

네가 앉아있는 방석 온 동네를 덮고 있다
자연은 위대한 창조다

감나무

-2

가을 단풍이 지고
겨울잠을 자는 사이

너의 긴 털을 잘라주고
다듬어 놓았다

너의 뿌리 속
네가 좋아하는 것

닭똥 돼지똥 소똥
먹을 것 묻어 놓았네

오월
너 머리 위에 떠 있는 태양
너를 활짝 잠에서 깨웠구나

잎사귀 너실 너실 춤을 춘다
떡 잎부터 알겠다

잎새 사이로 가냘픈 열매
올해도 너는 풍성한 열매로 살겠구나

태양은 너를 잠들게도 하였고
태양은 너를 키우기도 했다
태양은 자연을 다스리는 섭리이다

추도시

-1신앙시

주님을 만났다
고요한 침묵 눈물의 강이라

세상과 마지막 이별
사랑 희생 눈물뿐이라

고인 천사의 옷을 입었다
아브라함과 이삭의 제사라

나를 주신이가 부르셨다
고인은 순종하셨네

영혼은 천국나라로 육체는 흙으로
본향으로 돌아간다

슬픔 당한 유가족 주님의 사랑으로 감싸리라
눈물 주님이 닦아 주리라

고인의 기도 우리에게 감동을 주었구나
대나무처럼 곧고 소나무처럼 푸른 절개

흔들리지 않은 믿음 정직 사랑 겸손
고인이 이 땅에 남긴 흔적이라

육체는 흙으로 돌아간다
영혼은 천국에서 우리를 보고 있네

서로 사랑하라 용서하라
주님 오실 때에 같이 만나자

한옥마을

—전주

한국인이 살았던 집
한옥 기와집

도시문화 시멘트로 덮어 버렸네
목구멍 콧구멍
막혀서 못살겠다

우리 것을 찾아보자
전주 한옥마을

담쟁이덩굴 돌담 흙담
송진 냄새 흙냄새 기와집

울퉁 불퉁 자갈밭 골목길
처마 밑에 제비집
소나무가 숨 쉬고 있다

한옥 궁궐
역사의 숨소리

문학의 뿌리 종교 예술
혼이 묻혀 있구나

한국인의 입맛
신나게 비비고 돌려라

놋쇠그릇 화합의 고장
양반들의 고을

전주비빔밥 꽉꽉 심봤다
볼거리 먹을거리 구경 한번 해보자
전주 한옥마을

제 2 부

고향집

우리가 살았던 곳
바위 틈 자갈밭
울퉁불퉁 돌 위에 나무기둥 초가
척박한 땅

비가 오면 돌만 앙상하게 드러난 마당
빗자루 질 할 곳이 없네.

돼지 막
말뚝 위에 판자 두 개
아래 똥돼지
화장실이었네.

나무하는 일
하루에 두 번 산에 오르고 내려 오고
피가 나도록 긁어 파서 한 바지게
민둥산이 되었구나

농사 하루에 두 번 바지게 짊어지고
고개고개를 넘어
곡식 자라는 소리

고난 속에 이룩한 농경문화
오늘의 꽃이 되였구나

소낙비

갑자기 소나기가 오고
담장가로 흘러 내려가는 요란한 소리
시뻘건 황톳물

심어 놓은 고구마 밭 호박 덮쳐
굴러 내려가고
돌 떠내려가는 소리 우글우글

천동치는 소리
비오는 소리
캄캄한 절벽 빛줄기만 보이네

길은 완전히 물 속으로 보이지 않네.
적막한 그 순간

형님은 장군처럼 용감하다
갑옷처럼 우장 떼기 걸치고
화살처럼 날아오는 빛줄기 속으로

밤중에도 집 뒤 도랑을 쳐야 한다.
물이 집으로 달려들지 않는다.

짱박고 짱박고 부모님이 다듬어 놓은 담장집
평생 오굴오굴 살았던 우리

지금은 도심 속으로 묻혔네
홍수가 와도 태풍이 불어도
쓸쓸히 남아 있는 돌담

타작마당

새벽을 깨운다.
보릿단 움박처럼 놓여 있구나
동리에서 발동기 지고 와야 하네

형님은 제일 무거운 원동기를 지고
탈곡기 지고
비탈길을 올라가야 했다

형님은 숨을 가쁘게 쉬며 헉 헉 소리를 지른다
언덕배기에서 쉬고 또 한 차래 쉬고
몇 번이고 쉬고 가야하네

통, 통, 택, 택 웃시 웃시 기계 돌아가는 소리
보리 떨어지는 소리

실궁대질 갈퀴질 보릿대 깍지
껄끌 껄끌한 보리 가시락 땀으로 번벅
이것이 타작마당이구나

얼굴들 시커먼 먼지 누군지 몰라
어머니께서 우리에게 물어보시는 말씀
몇 가마니냐!

관심은 알곡이라
이적은 알곡이 모여 보릿고개를 넘어
산업의 원동력이 되었네

감나무 밭

—1

올해 처음으로 단감이 열었다
한 짐으로 늘어지고 빈손 서있네

아내는 나도 모르게 감을 하나 따서
한번 베어보고 휙 던져 버린다.
아직 맛이 안 들었어!

일주일 후에 또 가본다
그때도 아내는 감을 하나 따서 입을 먹어보고
휙 던져 버린다.

아직 맛이 안 들었어!
언제 맛이 들까
아내는 가을을 재촉하고 있구나

시원한 가을바람이 불어오고
붉게 물들어가는 감
감미롭게 익어가고 있네

철조망 울타리 야생에서 살아온
어름은 바나나처럼 송이를 이루며 달렸네.
이것들은 새들의 농사

농사는 땀이요
땀의 결실

흙 겸손 진실
심는 데로 거두리라

뱀사골

산이 좋아 산으로
엽서가 한 장 신발위에 날아왔다

여름은 가고 가을이 왔네
겨울이 온다네
산은 사계절을 변함없이 알려주고 있구나

계곡 바위 틈새에서 불어오는 찬 공기
내 마음까지도 차구나

쏟아지는 생명수 어머니 품이라
흐르고 흘러 넓고 넓은 바다를 이루리라

걸어가는 모습을 비추어 주네
내 마음보다 깨끗한 물
우리 담아보세

인간은 극복이다
산 오르고 올라서
우리에 삶을 변화시켜보자

우리 집 아파트

높은 나무 위의 지은 집
내 몸을 사각박스에 실고 오르네

높은 새집
스며드는 창가의 눈빛
또 다른 밖 갖 세상

개똥벌레 굴러다니는구나
분주의 오고가고 하루의 일상

밤이면 반딧불 축제
빵 빵 거리는 불빛

개미들
바구니를 들고 찾아오는구나

도심 속에 복잡한 인생
각자 곡식 창고에 찾아가네.
먹고 사는 인생

웰빙

─ 구운 고구마

짤막짤막 더글 더글
오븐에다 채운다.

착공식
불을 댕겨 놓는다.
부엌문을 활짝 열고 창문도 열어 놓는다.

한참 후에 코끝으로 스며드는 구수한 냄새
불을 끄고 한참

바삭 바삭한 껍질 벗겨 내고
홍굴 홍굴한 속 살
죽여준다. 먹어본 사람만이 알아

고구마
길가는 나그네를 불러
허기를 채워주던 그 시절

보릿고개
인심 점심 풍부하게 베풀어주던 따뜻한 사랑
이것이 고구마였네

쌀은 금쌀
그래도 고구마는 밭에서 구르고 있었네.
우리의 주식

지금은 건강식품이 되었구나.
고구마처럼 매끈매끈하고 반질반질한 피부

땅 속에서 파내는 보약

새만금

33km 신나게 달려보자
서해안 시대를 열어보지

고즈넉한 바다
산업의 바다로

인간들의 살아가는 터전
행복과 번영을 주는 개척의 땅

새만금 개발청
산업의 쌀이 쏟아지는 소득과 생산

광야의 들판을 굴뚝의 나무를
물이 물러간 자리
쇳물로 채워 주옵소서.

새만금의 망치소리에
서해안 시대 문이 열린다.

우리의 미래
새만금의 고동소리가
중국 대륙을 깜짝 놀라게 해보자.

등불

캄캄한 어둠속에 길을 안내해주는
등불

반딧불처럼 깜박이며
칠흑 같은 밤
실 끝같이 간드랑거리는 등불

세찬 바람이 불어대고
가냘프게 꼬부라지는 불꽃
금방이라도 꺼질 것만 같네.

가슴팍 속으로 숨겨놓고
간신히 위기를 넘기고 또 가네.

캄캄한 밤 좁은 골목
더듬더듬 담장돌 짚어가며

발길에 채이는 돌 조심조심
걸어가네.

어두운 골목길을 해쳐
깜박이는 등불이 나를 인도하네

재래시장 장날

많은 사람들 발자국을 남긴 곳
농경사회를 이끌어 왔던 시장 경제

우리가 지은 농수산물 직거래장터
생물이 살아있는 곳

전주덕 남원덕 오수덕 장수덕
딸 소식 아들소식 기쁨 소식 슬픔 소식
오고가는 동네 이야기

어머니손 김치
팥죽 순대국밥
장작불 검정 솥 금방 내놓은 두부
갱엿으로 만든 한과 먹어 보면 알아

때 묻은 지갑 닫았다 열었다
농촌의 경제를 이끌어 왔네.

대형마트 쇼핑문화에 밀려
재래시장을 외면하고 있구나.

우리가 지은 농사 건강식품
웰빙문화 장수문화 재래시장에서 찾아보자

눈 뻐끔 뻐끔 물고기
만 가지 밥상
기다리고 있네.

시장사람들

추어탕

먹을수록 당기네.
담백한 그 맛 추어탕

뚝배기 안에서
무시 시래기 펄펄 끓어 오른 국물
진피 풋고추 덤성 덤성 파 후추
조심조심 후 불어서 맛을 보고

담백한 맛 일품이구나.
뚝배기가 넘쳐나네 인심 좋아

담 넘어 이도령과 춘향이
그네 뛰고 덩실 덩실 사랑을 나누던 자태
사랑 사랑 문학의 향

논두렁에서 뻘 먹고 흙 먹고
꼬리 흔들고 춤추며 자란 미꾸라지
사랑 사랑 추어탕

맛의 향
한판이 어우러져 잘 넘어간다.

남원 추어탕 웰빙식품
허리다리 늘씬한 몸매
매끈매끈한 피부

춘향이가 되어 가구나

3.1절

대한독립 만세
태극기로 삼천리강산 덮어 놓았네
다시 일어서는 민족

광명의 빛을 주어라
하늘에서 꽃이 되었구나

용광로에 던져진 민족정신
백두산 한라산 진동 하노라

태극기 물결 하나로 뭉쳤네
오대양 육대주를 덮쳐
세계를 놀라게 하였네

역사의 비극 36년
정신 나간 당파싸움

자유 행복 주권
일본에 노예가 되었네

그 아픔을 잊혀 가는가
지금도 끝나지 않는 독립
독도가 저희 것이라고

갈등과 분쟁 싸움 당리당략
백성만 고통 받는다

화합 단결 민족정신
튼튼한 국력이다

강한 나라가 되어보자
영혼들의 소원이라

전주비빔밥

대한민국 보고
끝이 보이지 않는 들

쌀 창고
호남평야의 중심도시 전주

비옥한 땅 윤기 나는 쌀
오색 오미
싱싱 야채 한우 은행 잣 밤 호두
토종 것만 모여 있네.

비벼야 맛이 난다
심봤다 팍 팍 힘

전주비빔밥 200년의 역사 맛의 향
영양 건강식품

전통 문화 교육의 도시 전주
향토음식 맛으로 녹여보자

대한민국 팔도 팔색 팔미
비빔밥 맛으로 화합을 이루어보자

맛의 고장 전주
화합 단결의 맛

대한민국 용광로
전주비빔밥 놋쇠그릇

탑승

—여행

날고 싶다
새 등에 앉아 있네

요동을 치며 하늘로 올라가고 있다
칠흑 같은 어둠을 해치며
눈을 크게 뜨고 비행하고

멍멍히 허공에 떠있는 우리들
날갯죽지 기우뚱하면
밑에 바다
고무풍선 등에 업고 나비처럼

슬그머니 눈을 감고
코밑으로 스며드는 고소한 냄새

고생 했다
새참 먹어라
물 한잔

바깥세상은 보이지 않네
슬그머니 잠이든 사이

스리랑카 국제공항
무사히 업어다 준 황새야 고맙다

파라다이스 섬

-말레

자연은 위대한 탄생이구나
인간에게 행복을 주었다

어젯밤
파도위에서 잠을 자었네

물고기가 발가락을 물었다
산호초가 등을 찔렀다

하얀 백사장
물 위에 방가루

물고기가 놀고 산호초가
꽃을 피웠네

아침
여명이 동터 오르고

용광로가 타오르는 태양
물고기들은 바빠지는구나

밀려오는 파도
하얀 눈처럼 부서지는구나

파도야 오늘도 우리의 마음을 시원하게 쓸어다오
하얀 모래알처럼

꽃

꽃
눈사태 산사태
봉우리 봉우리 기암 산맥

사람이 파묻혀 있네
천지가 개벽이구나

꽃동산 꽃동네가 만들어 졌네
하얀 빨강 연분홍 가지각색

수많은 색깔
가지각색 물감들
흙속에서 나오네

신비한 창조이구나
흙 속에 수만 가지의 비밀

겨울에 준비하고
봄의 피우는 꽃

자연은 신비하고 아름다운 것

요천강

–남원

산이 있고 강이 있다
창조의 손길

깊은 역사 속에 태어난
남원의 심장
요천강

오랜 세월 파란 만장한 삶과 애환
너에게 흘러 보냈구나

국악의 고장 남원
광한루 양림단지 흐르는 문학
춘향가 사랑가 판소리

수많은 문학의 창
울림 속에 너는 젊어지고 푸른 강이 되었구나

겨울 하얀 강 여름 푸른 강
미꾸라지 물고기 큰 강을 이루고
섬진강 사람들에 풍어를 이루어라

서해 동해 강물이 합쳐지고
오대양 육대주 세계의 물결

사랑 사랑 춘향가 판소리
남원의 절개를 전해다오

마음

−시인 정군수

보름달이 떴구나
넉넉한 웃음 겸손과 친절

마음 크고 풍성하다
인품 달처럼 아름답다

문학과 글
이 땅에 남기는 감동사랑 교훈이라

사상 생각 인품
캄캄한 어둠
깜박거리는 등불이라

우리에게 들려주는 매시지
칠흑 같은 밤
바닷길을 열어주는 등대라

힘이 되고 길이 되는
등대지기
시인 정군수

사랑과 포옹 따뜻한 마음
어머님의 밭이라

어머님의 성품이구나

민족의 비극

─6 · 25전쟁

강산이 피가 되고
강물이 피바다가 되었구나

강대국이 갈라놓은 반 토막
허리 잘린 생명선
힘없는 강물

이데올로기 전쟁
인간도 잿더미 강토도 잿더미라

비극의 울음이여
이토록 고통과 고난의 길이었는가

고향을 부모 형제를 여의고
그때 울음을 잊었느냐

좌로 우로
나누어지면 끊어진다

자기중심을 똑바로 서라
나라의 기둥으로

역사는 맹수다
약한 자는 잡아먹힌다

정신 차려야한다

호박 넝쿨

예쁜 꽃만 꽃이나
호박꽃도 꽃이다

호박은 둥글다
덤성 덤성 굴러 들어오네

보릿고개 힘든 고개 웃음을 준 꽃
호박 된장국 보리밥
힘든 고개를 같이 굴러왔네

뿌리 돼지똥 묻혀
심봤다 쑥쑥 손가락 쭉쭉 뻗어서
사다리 타고 올라간다

벤치위에 호박잎
땡볕 그늘지고 주렁주렁
우리손자 엉덩이 복주머니 열려있네

뿌리 똥 냄새를 감싸고
뚱 뚱 호박을 만들었구나

황소 엉덩이 굴러오네
황금 살이 쏟아진다

잔친 날에 호박 시루떡

제 3 부

가을

축제 축제
그토록 많이 부르던 노래

땡볕 달구었던 여름
높은 구름이 되었구나

파란치마 벗고
비단옷 불꽃
노랑 빨강 마지막 축제

열매들의 창고
알곡만 담아라

파란 열매 구워서
빨간 노랑 열매가 되었구나

마지막 결실 그 열매들
숲속의 생명들의 것이라

열매들 주인을 기다리고 있네.
내 곳간을 채우리라

가을은 베풀어 주는 축복
감미로운 맛 열매
감초의 계절

많이 채워서 겨울잠 자거라

사라호

밤에 큰비가 왔다
우리 집 앞 건너편 밭들
꼬랑 꼬랑 갈라놓았다

밭 언덕이 무너지고 도랑이 무너져
수마가 우리 집으로 들이 닥쳤다

토방에 벗어 놓은
신발이 다 떠내러가고 없네

살림살이는 긴급히 옆 마당으로 옮기고
비는 쉬지 않고 장대비가 내리고

형님은 동리로 긴급히 내러갔다
가는 도중 골목에서 큰물에 떠내러가
이웃집 어르신이 다행히 보고 건져 주고 살았네

이웃 사람들이 와서 우리 집을 복구 해주고
새로운 희망을 주고

우리가 살아가는 고비 고비 시련도 희망도
아픔도 있었고 기쁨도 있었다

우리 그 옛날 그 추억
그 때를 잊지 말고 살아가자

고향 산천

―농들매

여기가 우리에 쉼터
소 떼들이 모여 있는 곳
아이들이 놀이하는 곳

나무꾼들 소떼들 아이들 소리
소가 뜯고 사람이 뜯고
소가 밟고 사람이 밟아서 민둥산이 되었네.

지금은 적막하기만 하구나
이리 봐도 나무 저리 봐도 나무
울창한 숲 나무들

숲 속에서 이상한 소리들
금방이라도 산짐승들이 나올 것만 같네.

야호, 나에게 꿈과 희망을 주었던 고향산천아
아, 정들었던 고향산천아

그때 우리에 삶을 너는 알고 있겠지
그래서 찾아왔네.

생명이 다하는 날 두려움이 없이
주께로 돌아가리라

커지지 않는 영혼
고향 이야기를 하노라

지리산 둘레길
—구룡계곡

돌과 돌들이 모여 있는 동네
몽돌 송곳돌 호박돌 밟고 밟아서

깊은 계곡
쏟아지는 녹음 녹음 잎사귀들
그 잎사귀를 내가 이고 가내

숲 속에 숨어 있는 약초에 향기
나무들의 향수 가슴에 담아보네

계곡에서 들러오는 노래
바위들은 빨래판처럼 하얗게 씻어놓았네

급히 급히 가파르게 요동치고
이돌 저돌 부딪쳐 물방울이 되어
구시 바위 챙이 바위 아름다운 계곡

우리도 부딪쳐 이작은 물방울이 되리라
세상을 아름답게 깨끗하게 만들고 싶구나

산들아 나무야 흐르는 물아 돌들아
누가 이 작품을 만들었느냐

누가 이런 설계를 했어
축복에 땅 지리산은 자연의 섭리이구나

이 깊은 계곡처럼 내 마음도 깊어지리라
저 높은 산봉우리처럼 위대한 꿈을 꾸리라
자연 앞에 나는 낮아지고 더 겸손하리라

오늘 온 힘을 다해 정상을 정복하자
저 소나무처럼 푸르고 매끈하고 아름답게
서 있네

산동네

-산내면

자연의 보고 산내
산 산 산
산이 지붕이 되었네

물소리 짐승소리
숲속에서 태어나는 새로운 생명들
같이 살아가네

산 속에 묻혀 있는 동네
나뭇잎이 지붕이 되었구나

잎새 사이로 새어 나오는 네음
네 마음에 가져 보네

발바닥 밑으로 흐르는 물
내 마음 까지도 스쳐가고 있구나.

도시여 안녕
도시에서 흔들어 데는 스타일
그 유혹을 버려라

자연 속에서 메여보자 인생
떼 묻지 않은 자연
건강 행복이구나

나를 들어 주었네

등잔 밑에 버려진 성냥개비
등잔 위로 들어 주었네

버려진 몽당연필
다시 집어 주었네

바람에 굴러가는 휴지 조각
펴고 넣으셨네

무지 속 마른 막대기
지혜로 채우셨구나

마른 땅 대지에
충만한 단비를 주셨네

왕벌

—선거

계절이 되었구나.
오년마다 치르는 잔치

정책들 들어보면 금방부자
잡아보면 안 풀러

꽃이 피었네
빨간색 노란색 가지각색 물결

오고 가는 말… 말 말들
이것이 자유… 자유 자기권리
로고송까지 깃발 흔들어 대고 분위기 고조

민주주의 꽃이 피었구나.
경선 우리의 왕벌은
가는 곳마다 모여라 일벌들아
손을 들어 환호하라 우리 왕

민주주의 꽃이 피었네.

열심히 모으라 뛰어라 운동하라 꽃을 피우기 위해
나팔을 불어라 우리 왕

왕벌이 가는 곳 일벌들이 모이구나.
둘러싸고 뭉쳐있네
열광…열광 윙…윙

뚜껑 열 때가지 안심하지 말라

아름다운 꽃

멀리서 보던 꽃
이제 우리가슴 속에 꽂아 놓았네.

천상에서 지혜의 꽃이어라
새로운 행복시대

모두의 꽃이어라 시장경제 경제 민주주의
기쁨과 행복을 주는 꽃
낮고 낮은, 골목, 골목을 찾아서

그 빛이 가는 곳 굶주리고 춥고 어두운 곳
고통당하는 모든 사람들 행복을 주는 빛이어라

글로벌 세계화는 시작되었다
뛰어보세. 뛰어보세, 운동화

세계는 한 지붕 하나의 시장
백, 황, 흑 인종 차별 없이
앞서간 사람만이 승리한다.

북한 강냉이죽 미사일
배고픈 마음을 돌아보자

5천만 불 수출 세계시장 경제미사일
국민 복지국가로 열어가는 대한민국

창가의 아침

−우리 집

바둑판처럼 짜인 공간
바둑 두 집 경쟁 우리는 한집경쟁

이세돌 집부자
집이 있어야 살아간다.

콩나물처럼 빽빽이 채워진 집
도시의 문화 새아침을 맞이하구나

아침노을이 창가의 빛
타오르는 태양 새아침

온 식구 일상을 준비하구나
마음을 비워 보자
조용한 아침

출근길 늘어진 차량들 질서

내가가는 곳 좋은 사람들 있는 곳

내가가는 곳 나와 닮은 사람들
내가가는 곳 축복의 땅 복의 근원지

오늘도 희망과 꿈을 싣고 오리라
행복! 행복!

음지가 양지 되었네

억새형
나도 세상 구경 한번 하세
형 발밑에서 평생 살아야 하나

억새 풀 속에서 숨어서 사는
작은 생명들

열 받아 더 억세게 자라는 억새풀
그늘 속에 사는 생명

가을 쌀쌀한 바람은 녹음을 멈추게 하고
슬피 우는 억새

장장한 억새
한 잎 굴러가는 낙엽이 되었네.

숨어사는 달랭이 냉이 작은 생명들
빛을 보고 파릇파릇 살아있구나

억새풀은 작은 낙엽이 되고
땅에 떨어져 허전하기만 하구나

보이지 않는 작은 생명
빛을 보고 웃고 있네.

겸손 하라
음지가 양지 된다

봄비

생명
자연의 보고 봄비

무덤을 열어라 수많은 생명들
땅도 숨을 쉬고 나무도 숨을 쉰다
벌래도 곤충도 숨을 쉰다
봄비

눈
산도 덮이고 계곡도 덮이고
땅도 마르고 하늘도 마르고
말라 버린 땅심 한파와 차가운 대기

이른 봄
뼈만 앙상한 나뭇가지
해골골짝

생명들의 부활
봄비
나무들 파릇파릇 웃고 있네.

무덤 속에 숨어있던 수많은 생명들 무덤을 해치고
나오고 있구나.

두릅 추나물 쑥 고사라 산나물
무덤을 해치고 나오고 있네.

봄비
잠든 만물을 깨우고 있구나.

주님 부활 하셨네

사랑만이 할 수 있네

어둠의 장막
권력과 힘

진실 정의 사랑 희생
피와 채찍 찌어진 조각
사랑의 씨앗이 되었구나

억압의 종소리
고통을 이기는 능력

골고다의 피
생명의 강물이 되었구나

무덤
아름다운 성령의 빛
생명의 꽃이 피었구나

하늘에서 흰 구름
생명의 단비가 내리고 있네

콜롬보

-스리랑카

까무잡잡한 피부

햇볕에 타고 먼지에 타고
가난에 타고
까막게 되어 버렸네

야자수 열대림
그늘 속에 묻힌 도시 콜롬보

양철집 판잣집 가난
야자수가 덮어 버렸네

수없이 펼쳐진 열대 과일
야자 바나나 망고 파파야 코코넛

이름도 모를 챙이 잎사귀
날개를 펴고 녹색 바다로 만들었네

두세 발 걸어가면 발바닥에 밟히는 것 과일

키다리 아저씨 우산 들고 높이 서 있네
주렁주렁 열려있는 젖꼭지
우유가 터져 나오네
돈 나무

아름다운 자연의 보고 스리랑카

파라다이스 섬

-말레

나는 벗어 버렸다
세계적인 휴양지

하얀 모래 파란 바다
반짝이는 물빛
유리알처럼 빛나고 있구나

장미꽃이 피어 있다
인간은 아름다운 예술이다
일광욕을 즐기는 사람들

바다 어항
민어 감숭어 가오리 돔 수없이 많은 고기들
던져준 먹이 사슬에 길들어진
집 강아지가 되었구나

지상낙원
수상스키 보트타기 해상 레저 물장구치는 곳

돌고래 목장
돌고래 육중한 몸매를 자랑하구나
돌고래도 노래를 부르네

스크린처럼 잠깐 비추어 주는
돌고래
아쉬움을 바다에 남기고 가는구나

바다의 천국이라

강물

물 생명이라
위에서 아래로 흐르고 있구나

생명 살아 있는 것
흘러 고비고비를 거처
정처 없이 흘러만 가고 있다

낮고 낮은 강으로
흘러야 맑은 물이 된다

인생은 흘러간 물이라
먼저가고 뒤따라오고
유수 같은 세월이라

청춘은 가고
종착역을 향해 가고 있다

흘러야 또 오는 것이다
흘러야 강물이 되는 것이요

가는 생명 오는 생명
세상한번 지나가는 것

새로운 생명들
오늘도 세월은 가고 있다

삼일항

끊어지면 마른다
이 나라의 생명줄
삼일항

섬들이 떠다닌다
큰 섬 작은 섬 보물창고

물꼬에 물을 주고 있구나
마르면 곡식들이 말라 죽는다

우유를 주고 있구나
유조선 벌크선
배를 채우고 있다

기름 가스 석유화학 제품
우리경제를 가동하는 원동력

에너지는 마르지 않는 물이라
물이 마르면 농사가 마른다
경제가 마른다

에너지는 우유라
끊어지면 마른다

에너지 생명줄

여름

가마솥 불덩어리
익어가고 있구나

더위를 이겨라
피하면 약해진다

곡식들은 춤을 춘다
만물은 녹색 바다구나

가마솥더위
태양은 뜨겁게 달구고 있다

화로에서 구워 낸다
적당히 타지 않게 구워야한다

빨강 노랑 가지각색
감미롭게 구어야 한다

감 사과 배 수박 참외 수없이 많은 과일들
고구마 호박 벼 많은 알곡들
온도를 맞추어 구워내는 중이다

태양은 우리에게 고통을 주기위해
폭염을 주는 것이 아니야
먹을거리를 주기위해서다

여름
많은 제품을 생산중이다
가을에 출고

광복절

검은 염소
양들을 삼켜버렸네
어둠의 장막 36년

통곡하는 애국지사
창조자는 이민족을 보호한다

정의는 승리한다
역사는 우리 편

남의 주권 삼켜
불안한 뱃속 토하느라
광명의 빛을 찾았구나

삼천리 태극기
눈물로 춤을 춘다
하나의 한반도

이념의 반 토막 피의 눈물
분쟁의 씨앗이구나

이편저편 강 대 강
너도 나도 믿을 곳은 없다

큰 강물을 이루어라
큰 나무 큰 뿌리가 되라

국력의 힘 평화다

광한루

인간이 살아가는 것
사랑 행복
누가 막을 수 있겠는가

사랑 사랑 춘향이
행복의 꽃이 피어 있구나
광한루

고통 인내 절개의 꽃
춘향이 사랑
남원의 꽃이구나

사랑의 꽃을 보기위해
모여 드는 사람들

아스라이 들려오는 사랑의 노래
기쁨과 감동이라

비단옷 입고
연못의 춘향이
어스렁어스렁 꼬리 흔들며 춤을 추구나

한 알 두 알 먹이 사슬에
사랑 사랑 춘향이라

문학예술 전통
사람을 변화 시킨다

문학의 꽃이 피어있다
사랑의 꽃이 피어있다

제 4 부

주님 오셨네

-2신앙시

고요한 밤
말구유에서
신의 사랑 임하고 있었네

동방박사 경배하니
야훼께서 보내신이라

하늘도 경배 땅도 경배
온 백성도 경배하노라

별빛으로 놀란 헤롯왕
칼빛으로 백성을 치노라

무지한 독재자
치는 자가 있고
베푼 자가 있노라

아기예수는 사랑이라
병들고 고통 받고 가난하고
힘없는 사람들에게 사랑을 주노라

자기를 녹여서 뿌리고
평화가 오게 하노라

캄캄한 세상 밝혀줄
영원한 별
아기예수

내려놓습니다

밤사이 눈이 소복소복 내렸습니다
하얀 눈 위로

뚜벅 뚜벅 걸어갑니다
나의 발자국 뒤돌아보며

한해를 걸어온 발자국
나를 내려놓습니다

교만도 욕심도 고집도 내려놓습니다
남을 미워하고 시기하고 질투하는 것 내려놓습니다

오늘 하얀 눈 위에 내 마음을 비춰 봅니다
반성이란 지문을 찍어 놓습니다

오늘도 하얀 눈 위에서 한 해를 반성해 봅니다

양심이라는 발자국을 보게 하소서
모든 것이 내 탓이었습니다

오늘도 우리가 사는 이 땅을
하얀 눈으로 덮으소서

세상이 온통 하얀 꽃으로 변하게 하소서
사랑으로 덮어 주소서

벚꽃 길

−요천강

이른 봄 새벽
물안개 낀 요천강변
찬바람 마시며 산책로를 걸어가고 있었다

며칠 전 머금고 있던 작은 꽃봉오리
밤새에 우리를 반기며 터트려 놓았네

위로도 꽃 옆에도 꽃
내 마음도 꽃이 되었네

새벽을 깨워주는 산책로
연인들 사랑을 속삭이는 거리
여기가 바로 꽃 천국이야

며칠이 안 되어 꽃잎들
바람에 눈처럼 날리고
이리 저리로 우수수 떨어지네

요천 강에 종이배가 되여
정처 없이 흘러만 가고 있네

땅바닥에 꽃잎들 두 손으로 긁어모아
내주머니에 담아 보았네

어느 날 꽃잎이 풀잎이 되어
뜨거운 태양을 가리며
우리는 그늘 속으로 걸어가고 있었다

지리산 구룡폭포

—가을

그토록 우리를 맡아 주었던 구룡폭포
이제 우리를 멀리하구나

깎아 내리치는 폭포
군데군데 쉼터를 이루어 놓았네

유리알처럼 맑은 물
내 손이 부끄러워 담글 수가 없네

그 푸르던 나무 잎사귀들
강열했던 태양은 멀리 하고

이제 푸른 생명은 갖추어지고
고드름 눈 덮인 쓸쓸한 계곡
동장군이 지키고 있네

자연은 생명이라
다음을 준비하고 있구나

북한 미사일 발사

가자 강성 대국으로
빈 민국 딱지를 떼어보자

세계를 놀라게 하자 쏘아 올려
축제로 기분 내보자

삼년 동안 모은 금 쌀
금 미사일 쏘아 올렸네

주민들은 강냉이 죽 먹이고
금 쌀 태우며 올라가는 미사일

강성 대국 올 것인가 대단한 불꽃놀이
하늘만보고 웃고 있네

굶주림 속에 기분 좋은 하루
허세 속의 잔치 났네.

쌀 태우는 뿌연 연기
담배 피우는 것보다 고소하네.

북풍인가 훈풍인가
후보들 하늘만보고 있구나.

불똥이 어디로 가나

굴 구이

바다 농사
물속에서 주렁 주렁 달려 있네
젖꼭지
바다우유

굴 껍질로 매운 바닷가
푹신푹신한 석회석 위에 세워진 창고
짠 냄새 풍기며 부글부글 끓어오르는 굴

흰 장갑 쑥 케는 칼
직접 까먹는 체험 토실토실한 알
바다가 준 짭조름한 맛

거짓말 째게 보태서
창문열고 휙 던지면 그 자리 짤칵
굴 껍질로 채워진 바닷가

부담감 없는 자연 공간
많은 사람들이 굴 구이를 먹으로 오는구나

깊고 넓은 바다
어머니 품이라

오늘도 어머니가 우유를 주는구나.
굴 구이

초가

돌과 흙으로 담을 쌓아
소나무로 걸쳐놓은 초가

움막처럼 덮어 놓았네
우리가 살았던 초가

앞마당에서 개구리가 뛰어 놀고
귀뚜라미 소리 매미 소리
그때 초가

한 해에 한 번씩 새 옷으로 갈아입네.
가을 새 볏짚으로 이엉으로 덮어
맨 위쪽은 용머리로 마무리 하네

지세미대로 처마 밑에 묶어서
바람에 날리지 않게 새끼줄로 망을 치면 마무리 한다

지붕 생태공원
굼벵이 지렁이 벌래 쥐 참새 가 살아가고

구렁이도 설치고 다닌다.
굼벵이 지붕 위에 사는 것만 금 값

봄이면 강남에서 찾아온 제비 한식구가 되었구나.
처마 밑에서 살아가는 제비
새끼 까고 온마루가 제비 똥

자연과 생태계와 함께 살아가는 초가
이제 초가집은 없어지고

강남에 간 제비는 다시 돌아오지 않네.
인간은 놀부인가 봐

기암절벽 소나무

-홍도

붉은 섬 홍도
기암절벽 위에 아름다운 소나무

한줌의 흙 잎사귀 몇 개
무소유
하늘만 보고 사내

바위틈에서 말랐다 살았다
간들간들한 삶
바위틈 좁은 공간 붙잡고 살았네

인내하며 끈질긴 생명력
참고 견디는 생명력
포기하지 않는 생명력

이것이 아름다운 소나무를 만들어 놓았네
바위가 만들어놓은 예쁜 분재
백년 이백년이 되어도 분재처럼 놓여있네

바위가 가꾸어 놓은 분재
바람 강풍 비바람이 가꾸어 놓은 분재

참고 견디는 인내 사랑이라
자연이 우리에게 주는 기쁨과 사랑

아름다운 삶이란 참고 인내하는 것
끈질긴 생명력이다

포기하지 않는 것

바다

신비한 바다
신의창조

지구는 둥글다 넘치지 않는 호수
바다가 숨을 쉰다
썰물 민물 채웠다 비웠다
숨소리

바다가 살아있다
물고기들이 살아가는 생명체

육지에서 보내는 구정물
감싸주고 덮어주고 고마운 바다

바다는 잠을 자지 않는다
춤을 춘다 파도가 치고 출렁 거린다
살아서 움직인다

짠물 귀한 자원
소금이 없이는 살아 갈수 없다

바다처럼 짠맛
세상에서 맛이 난다

아름다운 맛
부패되지 않는 맛 바다

보리밭

보릿고개 힘든 고개

배고픈 시절
함께 살아온 보리
잊히지가 않구나

식량부족
보리가 배를 채워 주었네.
가장 힘든 농사 가을부터 이듬해 6월까지

산비탈 논 밭 다랭이
쟁기로 갈 수 있는 곳 보리천국

푸른 자연의 물결 생명들
동장군 속으로 숨어 버리고

앙상하게 남은 뼈대 말라버린 낙엽
메마른 대지

보리밭
푸른 초록빛
잎사귀 넘실대고
보리만은 푸른색 살아있는 생명

가난과 힘들게 살았던 그 시절
자급자족 유일한 농사

배고픈 고개를 넘기게 했던
보리밭
귀중한 식량 자원 이였네

인간이 피는 꽃

일생에 한번 피는 꽃 20살
꽃보다도 더 아름답구나
기쁨과 웃음을 주는 꽃

하얀 목련꽃
만지면 터지는 꽃
방긋 방긋 웃고 있구나

나라 사랑의 꽃
정의에 불타는 꽃
맹수와 같은 꽃

기쁨의 꽃 나를 불러주오
그대에게 연인의 꽃이 되고 싶네

인생 70의 피는 꽃
할미꽃

겸손의 꽃
천국의 꽃
정이 많은 꽃

손자들이 좋아하는 꽃
마지막 꽃을 피우구나

숲속의 도시

―스리랑카

숲속에서 사는 생명
나무숲이 나를 숨겨주어야 살아가네
숲 동물들이 살아가는 거처

변향나무
뿌리가 하늘 보고 거꾸로 서있구나
뿌리가 주렁주렁 달려있네

잡힌 대로 감아라
물귀신
남의 집 식구도 감아서 한식구가 되었다

춘향이가 그네를 뛰고 놀고 있네
이 나무 저 나무 뛰어다니는 묘기

형들이 왔구나
우리 사촌이야

나뭇가지에 열매가 주렁주렁 달려있네
박쥐가 매달려 열매가 되었네

숲속의 거인 절구통 발
밟히면 죽는다 야생 코끼리

이구아나 어슬렁어슬렁 기어 다니고
도마뱀 수많은 파충류

숲
동물들의 도시라

발바닥

—스리랑카

손기정
성공한 발바닥

맨발 문화
스리랑카 발바닥

쩍 벌어진 발가락
다섯 가지
제대로 뻗어 갔구나.

발가락 온 길을 덮고 가네
두꺼운 발바닥 신바닥이 되었네

위에는 남자
밑에는 여자 치마

하얀 예복 소원
떠있는 구름 천국

하얀 옷
속은 검어도
마음은 하얀 색이 되고 싶구나

맨발은 전통 신앙 문화

신발 끈을 동여매라
그래야 잘 산다

초 여름밤

온 식구가 모여 있구나

텅 비어 있었던 들녘
쓸쓸하기만 했었다

뜨거운 태양이
너희들을 불러 모았구나

여름 밤 하늘
달빛 별빛 속에
고요함이 잠들어 가고

이름도 모를 노래를 부르고 있네
긴 겨울잠을 자고

여름밤
잠들지 않는 생명들
밤샘 노래를 부르고 있네

너희들의 세상이구나
너희들에 노랫소리에
곡식들이 춤을 추고 자라고 있다

여름 밤 하늘
고요함 속에 들려주는 노래에
한 편의 시를 쓰게 되었구나

인생

봄날은 가는가
꽃은 다시피지 않는다

좋은 시절
꽃피는 봄날은 간다

청춘은 가고 있구나
돌아오지 않는 그 시절

인생은 흐르는 물과 같고
지나가는 구름과 같다

인간은 만물의 영장
신의 형상

미래로 갈 수 있는 존재
도전 희망 꿈이다

문학 한편의 글
남겨놓은 흔적의 꽃이다

흙에다 씨를 뿌린다
흙으로 돌아간다

영혼은 형상대로 가리라

한 권의 책

생명 위에 단비를 적시어 주네
사람을 가꾼다

메마른 대지
씨앗을 뿌린다
옥토에 떨어진 씨앗

한 알의 씨앗을 틔우기 위해
평생 묵상한다

한 알의 씨앗
생명의 씨앗이라
천하보다 값진 것

한평생의 삶을
천지만물의 신비함을
마음에 담아보자

문학은 힘
사람을 변화 시키는 감동이 있다

문학은 자기를 풍성하게 만드네
옥토의 씨앗이라

언덕 위에 하얀 집

아스팔트길 걷지 않고
흙을 밟았다

지리산 천왕봉
마주친 언덕

물상이 피어오르고 있구나
취나물 두릅 더덕 고사리 새어나오는 내음들

향기 나는 인생
새들의 고향 짐승들의 울음소리
처마 밑 말벌들의 합창소리

초원에서 피어나는 쇼쇼
요란한 소리
산속 생명들과 벗이 되었네

소 오리 돼지 생명들과
함께 묻혀 사는 것 행복이야

사과밭 감자 고구마 흙을 벗을 삼아
땀 흘리는 것 행복이야

인생 망년교
지리산 천년송 붉은 적송

오랜 세월 수많은 풍파
흔들리지 않는 거목
인재는 (이상돈회장호) 천년송이라

가을은 온다

-3감나무

땅볕 더위
출렁거리는 녹음
이글거리는 들녘

밤새 참바람 찬이슬에
푸른 언덕은 무너지네

찬이슬 찬바람에 스쳐
감은 빨갛게 무너진다

빨간 잎이 무너질 때
쓴맛이 단맛으로 변했다
자연은 진리

열매는 주고받는 사랑
감동의 결실
내손을 주었고 자기의 손도 주었네

사랑은 달고 내 마음을 녹인다
사랑은 사근사근 와삭와삭

나를 녹이구나
가을열매 감초

추도시

인간은 역사다
생명은 끊어지지 않는다

사랑
자녀들에게 주었네

고인은 세상을 정복했다
모든 것을 내려놓았네
이제 빈손으로 간다

세상과 마지막 이별
슬픔과 눈물이라

고인의 죽음
아름다운 꽃이 되리라

고인이 남겨놓은 열매
우리에게 기쁨과 생명이라

고인은 죽지 않았다
흔적은 영원하다

고인이 우리에게 쥐어준
꺼지지 않는 촛불
어둠 속을 밝혀주는 등대라